खुशियों के झरोखे

खुशियों के झरोखे

लेखक

आरती मित्तल

Worldwide Published by
Pendown Press

PENDOWN PRESS

An ISO 9001 & ISO 14001 Certified Co.,

Regd. Office: 2525/193, 1st Floor, Onkar Nagar-A,

Tri Nagar, Delhi-110035

Ph.: 09350849407, 09312235086

E-mail: info@pendownpress.com

Branch Office: 1A/2A, 20, Hari Sadan, Ansari Road,

Daryaganj, New Delhi-110002

Ph.: 011-45794768

Website: PendownPress.com

First Edition: 2016

ISBN: 978-93-85533-18-1

दो शब्द

जिंदगी एक नजारा है, बस दिखाई वह देता है जिसे हमारी नजर देखना चाहती है। नजरिया अपना-अपना है, लोग वीरानों में भी हरियाली को खोज ही लेते हैं। कंकड़-पत्थर की इमारतों के झरोखों से भी खुशियों भरी खिलखिलाहट इस पार आ ही जाती है, जो तपते हुए दिलों को खुशनुमा झरनों की ठंडक प्रदान करती है। 'प्रकृति' में अपनी खुद की आभा है, जो पक्षियों के कलरव और झरनों की कल-कल से खुशियाँ बिखेरती है, तो 'जिंदगी' खुद एक सवाल बनकर रह गई है और उलझनों में फँसकर बेमकसद सी हो गई है। 'ख्वाहिशें' हैं इतनी कि पूरी नहीं होतीं, बस यूँ ही पैदा होती हैं और धुएँ में खो जाती हैं। प्यार भी है इस जिंदगी में मगर उसका एहसास करने के लिए 'प्यार की कशिश' का होना भी जरूरी है। जिंदगी के लंबे सफर में धूप भी है और छाँव भी, ठहरकर दो घड़ी विश्राम करने को हैं गाँव भी। उन ठहरे हुए पलों में जब हम याद करते हैं नटखट, नन्हा सा अपना 'मेरा बाल गोपाल', तो थकी हुई जिंदगी में भी 'खुशियों के झरोखे' खुल जाते हैं और हमारी थकान न जाने कहाँ गायब हो जाती है।

अपने प्रिय पाठकों की प्रशंसा भरी चिट्ठियाँ और संदेश पाकर मेरे इस दिल की हालत का अंदाजा मेरे 'दिल' शीर्षक वाली कविता से लगाया जा सकता है। किसी भी रचनाकार के लिए वह पल सबसे खूबसूरत और स्वर्गिक आनंद से भरपूर होता है जब उसके पाठक उसकी रचनाओं को पढ़कर आनंदित होते हैं। मेरी रचनाओं द्वारा पाठकों के आनंदित होने में ही मेरे प्रयासों की सफलता छिपी हुई है।

इस काव्य-संग्रह के माध्यम से मेरा यही प्रयास रहा है कि मैं अपने पाठकों तक यह संदेश पहुँचा सकूँ कि मनुष्य का जीवन कष्टों और दुःखों की गठरी नहीं है, बल्कि जिन्हें हम कष्ट या संघर्ष मानते हैं, वे खुशियों की 'मंजिल' तक पहुँचने के लिए किए गए प्रयास मात्र होते हैं।

इस संग्रह की प्रत्येक कविता पाठकों को प्रकृति और मानव-मन की भावनाओं से जोड़ती है। प्रकृति कदम-कदम पर अपने क्रिया-कलापों से मानव-मन की भावनाओं का प्रतिनिधित्व करती है। धूप के माध्यम से कड़े संघर्ष का एहसास कराती है, तो बादलों की छाँव देकर ममता भरे आँचल की शीतलता प्रदान करती है। पक्षियों का कलरव बच्चों की खिलखिलाहट का अनुभव कराता है, तो खुशनुमा मौसम हमें परियों के देश में पहुँचा देता है।

यह 'सच्चाई' है कि यदि हमारे अंदर खुशी है, प्यार है, अपनापन है और उत्साह है, तो बाहर भी हमें वही सब दिखाई देगा, क्योंकि यह संसार तो मात्र एक 'आईना' है, जो हमें वही दिखाता है जो हमारे पास होता है। एक अंधे व्यक्ति को आईना भी कुछ नहीं दिखा सकता।

मेरी इन कविताओं के माध्यम से आप सबके लिए यही संदेश है कि जिंदगी को प्रकृति से जोड़कर देखें, आपको कदम-कदम पर धूप की तेजी के साथ-साथ ओस की ठंडी-ठंडी बूँदों की शीतलता भी मिलेगी। आपकी सेवा में सप्रेम समर्पित हैं ये 'खुशियों के झरोखे।'

—आरती मित्तल

आभार

'**कु**दरत' ने हमें बेपनाह खूबसूरती और जिंदगी को बेइंतहा खुशी की नियामतें बख्शीं हैं कि जिंदगी का यह सफर कब कट जाता है, पता ही नहीं नहीं चलता। शुक्रगुजार हैं हम इन सबके लिए उस परमपिता परमात्मा के जिसने हमें इस जीवन का सफर असान बनाने के लिए रास्ते में आने वाले कष्टों की चुभन को कम करने के लिए चिड़ियों की चहचहाहट, झरनों की कल-कल, पेड़ों की हरियाली दी है। जिनकी छाया में बैठकर शीतल जल से प्यास बुझाएँ तथा पक्षियों के कलरव की मधुर ध्वनि में संगीत का आनंद लें।

आभारी हूँ मैं अपने परिवार एवं आत्मीय जनों की जिनके सहयोग एवं सत्प्रेरणा से मैं साहित्य-सर्जना करने में सफल हुई तथा निरंतर इस मार्ग पर आगे बढ़ रही हूँ। इसके लिए मैं सबसे अधिक आभारी हूँ अपने पाठकों की जिन्होंने अपने अधिकाधिक स्नेह के साथ मेरी रचनाओं को पसंद किया तथा मेरा उत्साह वर्धन किया ताकि मैं साहित्य-रचना के क्षेत्र में निरंतर आगे ही आगे बढ़ती रहूँ।

इसके साथ-साथ मैं **श्री दिनेश वर्मा जी**, निदेशक, **गुल्लीबाबा पब्लिशिंग हाउस (प्राइवेट) लिमिटेड**, तथा गुल्लीबाबा की पूरी टीम को हृदय से धन्यवाद देती हूँ, जिनके अथक प्रयासों के कारण 'खुशियों के झरोखे' आप सब लोगों तक पहुँच सके।

—आरती मित्तल

विषय सूची

मैंने पूरी जिंदगी वहाँ कांटे निकालने

और

फूल लगाने का प्रयास किया है

जहाँ वो विचारों और मन में बड़े हो सके।

अब्राहम लिंकन

1. कुदरत

कुदरत के हसीन नजारों को देखा है नजदीक से,
दुआ में माँगा तभी तुम्हें पाया है नसीब से।

खिलते हुए चंद्रमा ने समझाया हमें आपके प्यार के बारे में,
चहकते हुए पक्षियों ने बतलाया हमें इजहार के बारे में।

सुलझी हुई लटों को उलझा रही हैं सुर्ख हवाएँ,
चाह रही हैं ये, आप इन्हें अपने हाथों से सुलझाएँ।

हरी-भरी पहाड़ों की वादियाँ भी कुछ चाह रही हैं कहना,
निच्छल प्यार को हमारे, गंगा नदी की तरह है बहना।

छू रही हैं जब-जब होठों को यूँ ओस की बूँदें,
शरमा रहे हैं क्यों आप यूँ अपनी आँखें मूँदे।

अरमानों की झील में यूँ खुद को तलाशने लगे हैं,
ख्वाहिशों के पर्वत पर अमिट छवि तराशने लगे हैं।

झरने से निकलते हुए वो अद्भुत सुर,
कुछ छिपाते-कुछ दिखाते हुए अपने निराले गुर।

कुदरत की महफिल से कभी तो गुजरना,
मौका लगे कभी इनसे बातें तुम भी करना।

(3)

2. प्रकृति

सूर्य का अँगड़ायी लेकर पर्वत की ओट से निकलना,
घास पर बिछी ओस की बूँदों को उसकी आँखों पर छिड़कना।

कोमल हाथों से आँखें मसलकर उन्हें खोलने की अदाएँ,
केसरिया रंग हर राह में वो बिछाए।

कलरव करते पक्षी नीले आकाश में जब मंडराएँ,
मीठी-मीठी नींद से वृक्षों को ये जगाएँ।

आँखों को खोलें, कभी मूँद रहे हैं बादल,
जागे हुए जग को पागल कह रहे हैं बादल।

नदिया, झरने सब मिलकर गीत कोई सुनाएँ,
न जाने किस भाषा में एक-दूजे से बतिआएँ।

चाहे हो भाषा अनजानी सी, पर है बड़ी प्यारी सी,
बातें मगर लगती हैं, जानी पहचानी सी।

इस कदर इजहार को सुन शायद धरती का मन डोल रहा है,
बंद हैं चाहे उसके लब पर फिर भी भेद दिलों के खोल रहा है।

हवाएँ थामे एक-दूजे का हाथ,
फैला रही हैं प्यार वो एक साथ।

तन्हाइयों ने बदला रंग,
सबके होते हुए भी तन्हाई ही रह गई संग।

रिश्ते में जो है कमी रह गई,
उन्हें पूरा करने की ख्वाहिश भी मन में सज गई।

3. राजदुलारा जय

आँखों से झलकती उसकी मासूमियत,
होठों को छूती नन्ही सी मुस्कुराहट।

आँचल थाम कर समझाना अपने मन की बात,
उँगली पकड़ कर कहना चलना है माँ तेरे साथ।

कोई भी हो जाए उस पर फिदा, ऐसी है उसकी अदा,
छोड़ना ही न चाहे कोई उसे, ऐसी है उसमें सदा।

बतियाते रहे उसके साथ दिन भर हम तो,
खिलखिलाता रहे हर वक्त बस वो।

बुआ कहती हैं उसको चंदा, तो कभी कहे सब गोली,
उसने हम सबकी जिंदगी में मिठास है घोली।

शरारती निगाहें डोलती हैं इधर-उधर,
देखूँ जिधर भी वो ही आता है नजर।

सबका जिगर का टुकड़ा है जय,
प्यारा, न्यारा, राज दुलारा है जय।

4. जिंदगी

जिंदगी ने खुद के अस्तित्व पर इतना बड़ा प्रश्नचिह्न लगा दिया,
आँखों में तैरते इतने सपनों पर जाने किसने विराम लगा दिया।

एक उस सवाल ने आत्मा तक को झिंझोर कर रख दिया,
जिंदगी ने पूछा, मैंने कब खुद के साथ सही किया।

हर ख्वाहिश को जाने क्यों रुला दिया,
जोश और हिम्मत को जाने क्यों सुला दिया।

वक्त का, जख्मों को भरने तक इंतजार किए गए,
वो जख्म तो भरे नहीं, पर नए जख्म हमें मिलते गए।

क्या सही और क्या है गलत इसी में उलझे रह गए,
जमाने ने मारे थप्पड़-पर-थप्पड़ और हम सहते गए।

उलझनों ने इस कदर, मकसद की गलियों को उलझा दिया,
नई उलझनों ने आकर पुरानी उलझनों को सुलझा दिया।

इस सवाल का जवाब सिर्फ हमको ही देना है,
अपने अस्तित्व का ब्यौरा हमको खुद को ही देना है।

5. ख्वाहिशें

फिर से सपनों की दुनिया में हम जाना चाहते हैं,
हम अपने सपनों को फिर से जीना चाहते हैं।

वक्त का कब किसको है पता,
हमारी सपनों की गलियों का कोई रुख तो दे बता।

जहाँ कभी चहलकदमी करते-करते भी पहुँच जाते थे,
जिन गलियों से जुड़े हमारे वादे थे।

उन गलियों में जाना हमने क्यों छोड़ दिया,
अपने हर सपने से रिश्ता क्यों तोड़ दिया।

जिस दिल में ख्वाहिशों की लगी रहती थी महफिल,
जहाँ हर कली कहती थी कुछ हमसे खिल-खिल।

उन ख्वाहिशों का पूरा होना एक सपना-सा लगता है,
जाने क्यों गैर-सा हमें हर अपना लगता है।

दिल के अरमानों को बयाँ हम जाकर कहाँ करें,
जो मर गई हैं ख्वाहिशें उन्हें हम जिंदा कैसे करें।

6. प्यार की कशिश

प्यार की कशिश को कोई भला कैसे समझेगा,
जिसको है इल्म इस दर्द का, वो क्यों इस गली से गुजरेगा।

जुबाँ कुछ बोले ये जरूरी नहीं,
बिन कहे समझ में आने लगती हैं, बातें सभी अनकही।

आँखें मूँदे हुए भी सूरत उसी की आती है नजर,
प्यार की कशिश डालने लगती है अपने आप असर।

दिलों में गूँजने लगती है उसी की आवाज,
साँसों में बजने लगता है उसी का साज।

पास न होते हुए भी होते हैं हाथों में हाथ,
चाहे हो दोनों का हर लम्हा एक दूसरे का साथ।

याद आएँ एक को, तो दूसरा हो जाता है बेचैन,
जुबाँ कुछ कहती नहीं, बस रो पड़ते हैं ये दो नैन।

यह अहसास बना देता है किसी को इतना खास,
कि आता नहीं इसके बिना कुछ भी रास।

मिलता है प्यार अपना, किस्मत वालों को,
गम पर जरूर मिलता है, हर दिल वालों को।

7. आस्था

मेरी आस्था, मेरा विश्वास,
मेरी एक आस पर टिकी है जिसकी हर आस।

मेरे सपनों पर जिसने दिखाया अपना विश्वास,
उसने मुझे बनाया अपने जीवन का एक हिस्सा खास।

जानता है वो, मेरे अंदर की ताकत को,
मिलाना जानता है वो हमसे किस्मत को।

मेरे ख्यालों को मुझसे बेहतर जाने वो,
मुझे मुझसे अच्छी तरह पहचाने वो।

मेरे आत्मविश्वास का विश्वास है जो,
मेरी जिंदगी का कुछ नहीं सबसे खास है जो।

जो ये दो कान सुन नहीं पाते,
आँखें कर देतीं बयाँ उनकी बो बातें।

दिल की बातों में जब छुपे होते हैं हजार सवाल,
वो खड़े करते हैं दिल में बहुत बड़ा बवाल।

8. मेरा बाल गोपाल

नटखट है मेरा बाल गोपाल,
घर को बना रखा है चौपाल।

बड़ी प्यारी है उसकी बक-बक,
शैतानी देख उसकी, दिल करता है धक-धक।

कान्हा की तरह बंशी बजाये,
नटखट अदाएँ उसकी मुझको लुभाए।

कभी छुप जाए कुर्सी के नीचे,
कभी बालों को अपने खींचे।

नटखट है पर है मन का सच्चा,
वो है सबका प्यारा बच्चा।

कहता है न हो तुम गुस्सा,
गुस्से को ले गया है मुस्सा (चूहा)।

खूब सताता, खूब रुलाता है,
नटखट बनकर फिर खूब हँसाता है।

9. दोस्ती

दोस्ती का मतलब तक नहीं था जिसको पता,
जिंदगी को ऐसे जिया, जैसे काट रहे हो सजा।

पूरब की हवा की तरह आकर जिंदगी में,
तुमने फैला दी फूलों की खुशबू जिंदगी में।

मैंने जब भी खोली आँखें, दिखी तुम्हारी ही सूरत,
मेरे जिस्मों जान में बसी है, सिर्फ एक तुम्हारी ही मूरत।

तुम हमको समझते रहे, जैसे हम दिखते रहे तुमको,
दिल के अंदर झाँककर मगर, देखा नहीं कभी हमको।

आँखों की खामोशी को, मौसम की मदहोशी को,
पढ़ ही नहीं पाए आप, दिल की इन गहराइयों को।

कहते हो आप ये, दिल तो है साफ ये,
आपकी बातों की, दिल पर है छाप ये।

नैनों के झरोखों में आपकी सूरत है,
मन मंदिर में आपकी मूरत है।

10. प्यार

हमने क्या चाहा था, जो तू दे न सका,
कोई हमें कभी भी समझ न सका।

दिल के अरमानों को दिल में रखा था बंद,
ख्वाहिशें भी थीं इन आँखों में ही बंद।

करते रहे दावा प्यार करते हैं सबसे ज्यादा,
जब हमें कोई समझ न सका, उन सबका क्या रहा फायदा।

क्या माँगा था धन, जो सबने की थी आँखें बंद,
हम ही पागल बन, अपनी खुशियों के दरों को करते रहे बंद।

हमने तो ये सोचा था, हम उनका हैं साया,
पर हमने खुद को तो उनके इर्द-गिर्द भी न है पाया।

कहते हैं दिल की बातों को कहने की जरूरत नहीं पड़ती,
सुन लेते हैं उनको, जिनकी जान एक-दूसरे में है बसती।

हमने भी चाहा था, कोई इस कदर हमसे प्यार करे,
हजार बार न सही, बस एक बार तो करे।

शायद सब हैं सही, हममें ही है कहीं कोई कमी,
जो हम कभी किसी का प्यार पा ही न सके।

दुनिया कहती है अच्छे बहुत हैं हम,
इस अच्छाई के बदले हमें हमेशा, फिर क्यों मिले ढेर सारे गम।

इतनी तमन्ना थी प्यार करे हर कोई,
हमारी समझ को माने न सही, पर समझे तो कोई।

समझा न कोई हमें, इस्तेमाल करते रहे,
हम बेवकूफों की तरह, इस्तेमाल होते रहे।

🕊 🕊 🕊

ये मत भूलो की धरती

तुम्हारे पैरों को महसूस करके खुश होती है

और हवा तुम्हारे बालों से खेलना चाहती है।

खलील गिबरान

11. दिल

क्यों आँखों में आँसू है, क्यों दर्द बेकाबू है,
ये न जाना तूने कभी।

मेरे दिल की हालत को, इस दिल की जरूरत को
तूने तो समझा ही नहीं।

कहता रहा ये दिल, दिल की थी ये मुश्किल,
तेरे सिवाय इसको दिखा कभी कुछ नहीं।

तूने छिपाया बड़ा, इस दिल को तभी मालूम पड़ा,
जो न कहा कभी तुमने, वो भी सुना हमने,
इस दिल को कुछ न समझाना पड़ा।

मेरी जुबाँ तो चुप है, पर लबों पर बहुत कुछ है,
मजबूरी ये थी, तूने कभी मुझको समझा ही नहीं।
चेहरे पर खामोशी थी, दिल में उदासी थी,
तूने पर कभी उनको देखा ही नहीं।

चेहरे की रंगत पर डूबे रहे थे तुम,
दिल की गहराइयों को पर कहाँ देख पाए तुम।
भागे थे तुम सबके पीछे, पर हम भी रुक न पाए,
पर जिंदगी क्यों न जाने, कि हम हैं एक-दूसरे के साए।

12. खामोशी

मेरी आँखों में जहाँ था तुम्हारा,
मेरी बातों में इबादत थी तुम्हारी।

तुम्हारी जिंदगी में जान बसती है हमारी,
तुम्हारी जान को जान मानने की हमें क्या इजाजत है तुम्हारी।

आपकी सादगी पर तो हम अपनी दिलो जान थे हारे,
कायल थे आपकी अदाओं के, और आपके पक्के इरादों के।

हमने आपको अपनी जिंदगी के उन लम्हों को दिया है,
जिन लम्हों को हमने दिलों जान से जिया है।

तुम्हारी जुदाई को भी हँस कर सहा,
इन होठों ने तब भी कुछ न कहा।

काश! मेरी खामोशी को तुम पढ़ पाते,
हमारी सादगी की तस्वीर को तुम काश! समझ पाते।

तब दिखाई देगी उनमें अदाओं की महफिल,
तब सुन पाओगे मेरी प्यार की आवाज को।

13. मंजिल

जिंदगी को जीने के क्या थे सही मायने,
आँखों को मूँदे सभी खड़े थे हमारे सामने।

सोचा था जो न कभी, था शायद वही सही,
था वो एक सच, या था कुछ भी नहीं।

जीते हैं सब तोड़ कर अपने सभी कायदे,
याद रहते नहीं किसी को अपने वायदे।

अपने रंग को जो न बदले कभी,
जिंदगी की जंग से पीछे मुड़े जो न कभी।

दुनिया की दौड़ में पीछे हटना नहीं,
मरना तो है मगर मिटना नहीं।

इस कदर हम जियेंगे कि सब करेंगे फख्र,
जिंदगी में न होगा कभी कोई न, और न ही कोई मगर।

डर को नहीं आने देंगे हम जिंदगी की राह पर,
मंजिल को हासिल करके ही लौटेंगे हम इस राह पर।

14. आरजू

आँखों में एक सपने की तरह सजी है एक आरजू,
उसके आने के इंतजार में है ये दिल बेकाबू।

चाहे क्यों न उसकी मुस्कान हो इतनी प्यारी,
मैं जाऊँ उसकी हर अदा पर हर वक्त वारी।

न तकलीफ उसे छू सके कोई,
न करीब जा पाए उसके कभी गम कोई।

इस आरजू में ईश्वर ने एक खूबसूरत सा रंग भर दिया,
अपने वरदान के रूप में जो उसने हमें 'वैश्वी' को दिया।

नहीं उससे शिकायत कोई है इस वक्त,
चाहे ली उसने मेरी परीक्षा सबसे सख्त।

उस इम्तहान में अव्वल आ ही गए,
जो हमको पाना था वो हमने पा ही लिया।

मासूम सी नजरें हैं डोलती चारों तरफ,
प्यार है बिखेरतीं वो हर तरफ।

मेरी अनमोल अमानत है प्यारी गुड़िया,
पहनती है वो रंग बिरंगी चुड़ियाँ।

"जय" की आवाज सुनकर है खिलखिलाती,
हर जगह अपनी मुस्कान वो है फैलाती।

लाडो रानी मेरी बने इतनी सयानी,
दिल हो सच्चा उसका और शहर सी मीठी वाणी।

हर दिल की बन कर रहे वो शहजादी,
उसकी जिंदगी में खिलती रहे फूलों की वादी।

वो सबसे धनवान है

जो कम से कम में संतुष्ट है,

क्योंकि संतुष्टि प्रकृति कि दौलत है।

सुकरात

15. आदित्य बाबू

Cars का है वो तो दिवाना,
आए न गुस्से को छिपाना।

महक दीदी को भी मारे,
फिर भी महक उस की बाट निहारे।

Ice-cream को कहता है आनू,
नानाजी को कहता वो नानू।

पापा को हर पल miss है करता,
School करे miss तो, Bindass है ये चलता।

मामी का है वो favourite,
उसको अच्छी लगती है हर type की Chocolate।

दादा-दादी उसको चंदा हैं कहते,
उसके साथ सारे फूल हैं खिलते।

बुआ का है शौक निराला,
उसके लिए लाएँ हर gift निराला।

अपनी मम्मी की हर बात है सुनता,
अपनी पसंद से हर toy है चुनता।

ऐसा है हमारा आदित्य बाबू,
कर लेता है जो हर दिल पर काबू।

16. इम्तहान

खुदा को हमने की शिकायतें बहुत,
इम्तहान भी उसने लिए हमारे सख्त से सख्त।

जिंदगी ने कहा हमसे, कि समझौते कर लो तुम,
समझना जिंदगी को आसानी से, चाहे हो खुशी या गम।

लड़कर मिले खुशी तो उस खुशी का कुछ मतलब नहीं,
किसी की जिंदगी तबाह कर जो जिंदगी मिले, उस जिंदगी का कोई मतलब नहीं।

किसी को देकर आँसू अगर मिले मुस्कुराहटें तो मुस्कुरा कर क्या करोगे,
कहते हैं इस दुनिया में सभी, जैसा तुम करोगे वैसा ही तुम भरोगे।

इम्तहान से हमें डर लगता ही नहीं, क्योंकि हर पल
हम तो इम्तहानों में ही जिए हैं।

17. हसीन नजारे

पर्वत की चोटी पर सिमटी हुई-सी है बर्फ,
बादलों के बीच में कभी छुपी-सी कभी दिखी-सी है बर्फ।

बादलों ने कहीं ढका है पहाड़ों को,
तो कहीं पहाड़ चीर के खड़े हैं नापाक बादलों को।

पिघली हुई बर्फ लगती है बड़ी खाक सी,
हाथ में लो तो लगती है पाक सी।

जी तो चाह रहा है कि हम छू लें इन कुदरत के हसीन नजारों को,
या खुद में हम बसा लें इन खुदा की खूबसूरत करामात को।

सूरज की किरणें लगती हैं सोने की धार सी,
पहाड़ों की बर्फ पर पड़ती हुई जाती हैं आर-पार सी।

पहाड़ों पर पेड़ों की उगी है शृंखला,
ऐसा लग रहा है जैसे हम उड़ रहे हैं पंख लगा।

18. खुशी

सभी को हम तो समझ गए, पर हमको कोई भी न समझ सका,
आईना तो पढ़ लेता है सबकी दिलों की बात, पर आईने को अब
तलक कोई न पढ़ सका।

जिंदगी में जब कभी पड़ी किसी को कुछ जरूरत,
खड़े थे हम संग उनके, थी ये हमारी फितरत।

न कभी किया गुमान, न था अभिमान,
किया सब कुछ ऐसा, हुआ सब को हम पे मान।

न किसी को दर्द देकर खुश हैं, न खुश हैं किसी को देकर तकलीफ,
खुशी तो हमारी है इसी में, कि बाँट सकें हम सबकी तकलीफ।

इस मतलबी जमाने का भी न चढ़ सका हम पर रंग,
ये बेढंगी दुनिया न बदल सकी हमारा ढंग।

19. सपने

आँखों में कुछ बुने से, कुछ अनबुने से सपने,
कुछ हैं रंगे हुए से, कुछ बाकी हैं रंगने।

चाँदनी के रंग में कुछ भीगे से हैं सपने,
आसमाँ के आगोश में कुछ पराए से, और कुछ हैं सपने अपने।

तारों की टिमटिमाहट के संग टिम-टिम करते हैं सपने,
तारों के संग झिलमिलाते हैं झिलमिल ये सपने।

सूर्य के तेजस्व के समान तेज हैं ये सपने,
झील के पानी के समान निर्मल व शांत हैं ये सपने।

धरती पर पहुँचें तो कोमल घास से लगें सपने,
अडिग खड़े हैं क्रोधित पानी के सामने ये निर्भय सपने।

निडर होकर दो नैनों में डोलते हैं सपने,
टूटकर फिर जुड़ जाते हैं, ऐसे होते हैं सपने।

20. माटी

माटी की एक सूरत है दिया,
पर पा लेता है अंधकार पर वो भी विजय।

जो जानें लड़ना गमों से वो ही पाते हैं,
इस जिंदगी के युद्ध क्षेत्र में विजय।

माटी की मूरत की ही हम सब करते हैं भक्ति,
हर संघर्ष का सामना करने का वो मूरत ही देती है हमें शक्ति।

माटी के घड़े में ही जल रहता है कितना शीतल,
सोना तो पिघल जाता है, पर पिघलता नहीं है पीतल।

माटी को जिस रूप में भी ढालें, ढल जाती है यह माटी,
हर रंग के संग फूलों सी खिल जाती है माटी।

जीवन के रंगों में शामिल होकर, जीवन में शामिल हो भी जाती है माटी,
पर जो न समझ न सके इसकी फितरत को तो तहस–नहस
भी कर देती है ये माटी।

21. तन्हा

जिंदगी के रास्तों में तन्हा दौड़े थे हम,
अकेले ही भागे जा रहे थे ये दो अनजान कदम।

आँखों को मींचे, सपनों को भींचे,
राह पर जाने क्यों, ये एक-दूसरों को यों खीचें।

मुट्ठी में कैद मिट्टी की तरह,
जाने क्या ये एक-दूसरे से कह।

ढूँढ़ने को अनमोल मोती,
ठहरे बीच राह पर ये बेचैन कदम।

एक-दूसरे की परिभाषा अधूरी है,
एक दूजे बिन हर एक की परिभाषा।

चाँद बिना अधूरी है चाँदनी,
बूँद के बिना अधूरा है पानी।

आत्मा बिन शरीर है अधूरा,
तो कहाँ है प्यार अहसास बिना पूरा।

बाती बिन अधूरा है दिया,
बस उसी तरह, कहाँ हैं पूरे एक-दूजे बिन ये कदम।

22. अहसास

न हम जान सके इस बात को कि,
क्या है हमारी चाह,
हम ही आज तक समझ न पाए कि,
है ये दिल की बात या दिल की आह।

बंद होठों की आवाज आज तक कौन सुन सका है,
बिन पेड़ के क्या आज तक कोई फल पका है।

आँखों में छिपी इस लाली का अहसास भी न हो पाया किसी को आज तक,
चाँद के लिए करना पड़ता है इंतजार सभी को ही रात तक।

दिल की बोली, धड़कनों की धुन,
आँखों की बोली, अपने दिल से ली है सुन।

बंद लबों की बोली को, कोई है जो समझ सके,
कुछ अहसास हैं मदमस्त से, और कुछ अहसास हैं थके।

किसी की तकलीफ को हम पढ़ सकते हैं दूर बैठे,
और किसी को होता ही नहीं अहसास चाहे हों हम सटे बैठे।

23. जिंदगी की डोर

जाने क्या है जो चल रहा है इस दिलो दिमाग में,
क्या है दिल की हालात, या है ये किस फिराक में।

सपने इन अलको और पलकों के बीच जग रहे हैं,
फल जैसे बिन डालियों के ही पक रहे हैं।

चाँद और चकोर, वन में हैं जैसे मोर,
जाने कहाँ खिंची ले जाएगी हमें जिंदगी की ये डोर।

राहों के बीच में से निकलते इस राह को,
चलना है हमें थाम के किसी की बाँह को।

बंद नैनों के बीच में अधूरे से सपने,
उन्हें पूरे करने की कशिश में, लगे हैं हम अपनी बाँह कसने।

🕊 🕊 🕊

24. हमसफर

एक कशमकश में उलझी है जिंदगी,
कहीं कर तो नहीं रहे हम किसी की बंदगी?

जिंदगी को हमें अपनी, अपने ढंग से जीना है,
जीवन में घुले नीम के रस को हमें पीना है।

जीवन के गीत में कुदरत का जो संगीत है,
जानें न मन जो चल रहा है संग, वो हमसफर है या मीत है।

न जाने किस खुले आकाश की है चाह?
क्यों नहीं समझ पा रहे हैं हम अपने दिल की चाह?

नहीं चाहिए हमें दुनियादारी की कड़वाहटें,
नहीं चाहिए हमें रिश्तों में मतलबी मिलावटें।

सीधा और सुलझा-सा जीवन चाहिए,
जिसमें हमें हमसफर का प्यार और विश्वास चाहिए।

दुनिया की दौलत से हम काफी परे हैं,
हम तो अपनी दौलत को अपनी पलकों में कैद करे हैं।

जिंदगी ने जो भी समझाया है,
उसी ने हमें दृढ़ बनाया है।

आँखों को मूँदे सपनों की बूँदों को बहुत बार है देखा इन गालों पर आते।
जिंदगी में देखा है बहुत बार जिंदगी को खुद से दूर जाते।

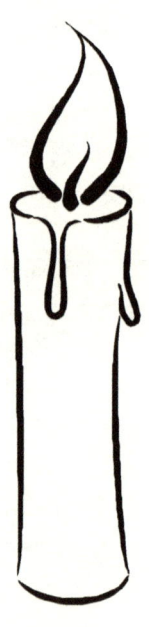

25. सच्चाई

भागे थे तुम सबके पीछे,
हम खड़े थे तेरे पीछे, मुड़ कर कभी क्यों देखा नहीं।
जब भी तुमने देखा, न पाई चेहरे पर गम की रेखा,
चेहरे पर हमारे गम के रंगों को ढूँढ़ पाए न तुम कभी।

अगर ये न है सच्चाई, क्यों न फिर बज पाई,
जिंदगी में सबकी खुशियों की शहनाई,
रहा जो सबका हाल, हिस्से हमारे जाने न क्यों तन्हाई ही आई।

जो सच से होते वाकिफ तुम,
तो न होते यों गुम।
आती नजर तुमको हमारी सच्चाई।

जो अगर ये सच नहीं तो,
चुप रहे अब तक क्यों तुम।

जानते तुम भी तो थे,
इस दिल की धड़कन में बसते हो सिर्फ तुम।

🕊 🕊 🕊

26. अपना वजूद

आँखों में एक सपना फिर से मचला है,
बादल से जैसे कोई मोती आज फिसला है।

आँखें मूँदे इस सपने को देखते हुए जाने क्या ख्याल आया है,
मुद्दतों बाद आज अपने साये को संग अपने पाया है।

सब को खुश रखने के लिए कोशिश में रंग कई भरे थे,
जब भी झाँका तो सभी घड़े जाने क्यों खाली पड़े थे।

अपने रंग को जाने क्यों सब में भुलाया जा रहा था,
जाने क्या था, जो मुझे खुद से क्यों दूर किए जा रहा था।

इतनी हिम्मत देखें किसमें है, जो मुझे मुझसे अलग कर दिखाए,
मुझ पर साया है ईश्वर, खुदा का, जो मुझे हर कदम पर सही राह है दिखाए।

अपने वजूद को किसी के दम पर नहीं अपने दम पर जिंदा रखना है,
रहम नहीं हमें अपने ऊपर फख्र करना है।

27. सावन

सूरज को ढक रखा था बादलों ने,
धुँधला-धुँधला सा आकाश कर रखा था बादलों ने।

मौसम में मायूसी का हो रहा है अहसास,
धूल से भरा है आज पूरा आकाश।

सावन का इंतजार कर रही है हर किसी की नजर,
लब तो है खामोश पर नजरें कर रही हैं असर।

न जाने कब खत्म होगा ये इंतजार,
हर कोई है बेबस और बेकरार।

जाने क्यों हवा सब पर हँस रही है,
जाने क्यों मौसम पर वो ताने से कस रही है?

खामोश खड़े बादलों का बना रही है मजाक,
कुदरत की ये एक चाल है, है नहीं ये एक इत्तफाक।

कभी बादल ढक लेते हैं आकाश,
कभी छँट कर दिखा देते हैं नीला आकाश।

28. वक्त

कुछ कहा था दिल थाम कर किसी ने,
आँखों को मूँद कर हाथ थामा था किसी ने।

हाथों को छुड़ा कर दामन को सरका लिया,
शरमा कर सिर को झुका लिया।

अपने प्यार का किया था उसने इकरार,
पर किन्हीं वजहों से कर न पाया दिल इकरार।

दिल की हालत दोनों की थी एक जैसी,
पर हालात थे विशाल नदी जैसी।

उस किसी ने कुछ वक्त माँगा,
खुद की भावनाओं के लिए उसने भी कुछ वक्त माँगा।

बोला, मरजी है कर सको तो करना इंतजार,
वादा है वादों को करेंगे पूरा, हो सके तो करना इंतजार।

तुम्हारी हर शर्तों को हम करेंगे पूरा,
किसी भी ख्वाहिश को न छोड़ेंगे अधूरा।

दामन झटक कर उस किसी से दौड़ कर आ गए,
प्यार उसका इतना देख आँखों में आँसू आ गए।

कर सकते थे भी क्या, दुनिया का था सवाल,
कर देते कुछ तो शायद, हर अपना उठा देता बवाल।

वक्त भी न था पास, पर खुदा से माँगा वक्त,
खुदा की ही एक आस, क्योंकि उसका ही कायम रहता हर वक्त, तख्त।

29. मौसम के संग

सतरंगी चुनरिया ओढ़े है बादर,
एक-एक बूँद करके ही भरती है गागर।

अपनी चुनरिया को हवा के संग लहरा रहे हैं,
मौसम के संग आज वो मुस्कुरा रहे हैं।

समझ में आ रही है साँसों की बातें,
चाँद सोच रहा है कैसे कटेंगी तन्हा होकर ये रातें।

कुछ दिनों की जुदाई का क्या होगा असर,
जाने न क्या होगा आगे, किसे है इसकी खबर।

चाँदनी को पाकर चाँद का बढ़ जाएगा नूर,
रात में दोनों को देखकर करीब सबका अहम हो जाएगा चूर।

आकाश के रंग को खुद में भरने की अदा,
सबको खुद पर मर-मिटाने की अदा।

कभी लगे सब्ज लाल रंग बिखरा है राहों में,
कभी लगे सब्ज लाल रंग महका है चाहों में।

30. श्रृंगार

सावन के झूलों का पेड़ों पर डलना,
ख्वाहिशों का क्यारी में खिलना।

हर किरण के स्पर्श से होती चुभन,
थोड़े से श्रम से होती ऐंठन।

माथे पर खिलती प्यारी बिंदिया,
चेहरे पर डोलती नटखट नथनिया।

हाथों में खनकती चंचल चूड़ियाँ,
पैरों में छनकती निगोड़ी झाँझरिया।

कानों में सजते सोणे-सोणे झुमके,
हौले-हौले हवा के संग लगा रहे हैं ठुमके।

काजल से सजे हैं बेचैन से नैन,
लूट रखा है इन्होंने तो सबका चैन।

श्रृंगार शायद था पूरा-पूरा,
पर जाने क्यों लग रहा था अधूरा।

हथेलियों से हिना की उठती खुश्बू,
मौसम में उसका बिखरता जादू।

लबों का हो रहा कुछ ऐसा असर,
इन्होंने कुछ कहा नहीं, पर किसी ने कुछ सुना है मगर।

माँग में सिंदूर का है, एक छोटा-सा सपना,
कोई माने या न माने पर दिल ने उसे माना है अपना।

सावन का शृंगार हो गया है पूरा,
कोई भी सपना नहीं है अधूरा, सब है पूरा।

पृथ्वी

सभी मनुष्यों की जरूरत पूरी करने के लिए

पर्याप्त संसाधन प्रदान करती है,

लेकिन लालच पूरा करने के लिए नहीं।

महात्मा गाँधी

31. अरमान

बादलों को मिल रहा था सकून,
अचानक सपनों को पास ले आया कौन।

चाँद से आगे बढ़ना था,
अपना हर सपना पूरा करना था।

खुद के करीब देखा झिलमिल तारों का नूर,
मेरे चारों तरफ बिखरा था उनका नूर।

सूरज की किरणों का बूंदों पर गिरना,
उन बूँदों से सात रंगों का निकलना।

सात रंगों का आसमान में इस कदर छाना,
हर आशिक का अरमान है अपने प्यार को पाना।

उन रंगों का छन-छन कर धरती पर उतरना,
उन रंगों को पाने के लिए सबका एक-दूसरे पर बिगड़ना।

(69)

32. कदमों की आहट

मैंने सपनों की दहलीज की ओर एक कदम बढ़ाया,
अपने कदमों के साथ कुछ और कदमों को भी पाया।

उन कदमों की आहटों में भी प्यार का अहसास छुपा था,
दिल को लुभाने का अमिट प्यार छुपा था।

कदमों को आगे बढ़ाने में कुछ हिचक सी होने लगी,
मंजिल के दूर होने की वजहों से आँखें नम होने लगीं।

आँखों में पानी लाना, किसी को भी न था मंजूर,
हम न थे किस्मत के हाथों मजबूर, किस्मत का कोई भी न जाने दस्तूर।

कुछ कदमों के साथ एक हाथ आगे आया,
उसने थामा हाथ इस कदर कि न कोई डर फिर पास आया।

चेहरे पर मुस्कुराहट लाने की हर मुमकिन कोशिश,
मुस्कुराहट आ ही गई थी, उसकी इतनी प्यारी कशिश।

सपनों के शहर में घर को हमने बसाया,
उसमें हर एक मुस्कान को तारों की चमक के साथ हमने सजाया।

🕊 🕊 🕊

33. बादल

खामोशी का आलम भी था मद भरा,
सावन के दम से हर पत्ता था हरा।

साँझ ओढ़े थी केसरी चुनरिया,
हवा के संग लहरा रही थी बदरिया।

झूमते, गाते, देखा सावन को मैंने आते-जाते,
देखा मैंने फिर सावन को धूप को सताते।

फसल लहरा रही थी सावन के जोर से,
बादल कहना चाह रहे थे कुछ गड़गड़ाकर जोर से।

कभी शांत-कभी अशांत, कभी निर्मल-कभी क्रोधित,
इन सभी भावों में सावन के रंग हो रहे थे उदित।

कभी आँसू कभी मुस्कान,
कभी श्रम और कभी उससे होती थकान।

34. मंजिल

लक्ष्य को जाना तो हमने अभी है,
खुद को हमने पहचाना तो अभी है।

मंजिल हर बार हमको लगती दूर थी,
जाने क्यों हर चाहत मजबूर थी।

मुस्कान होठों तक आकर हो जाती थी गुम,
राहें भी जाने कहाँ हो गई थीं गुम।

सपने खड़े थे हमसे मुँह फेरे,
हम थे अकेले खड़े और तन्हाई हमको घेरे।

सफेद घोड़े पर चढ़ कर फिर रात आई,
अपने साथ वो सतरंगी सपने ले आई।

सूरज को खिलते देख कई फूल खिले उसके संग,
मुस्कुराने लगे थे एक-एक कर सभी फूलों के रंग।

पर्वत की चोटी पर बिखरी सफेद बर्फ,
मानो कर रही हो कुदरत से तर्क।

हर रंग, हर तरंग का मतलब आ रहा था समझ में,
कहाँ है और क्यों है, ये भी आने लगा था समझ में।

35. चाँद

आज चाँद में भी है प्यार का अहसास,
प्यार का प्यारा अहसास भी है आसपास।

लाल रंग आज रहा है लुभा,
अहसासों को न पा रहे हैं भुला।

एकटक देखती उसकी वो गुमसुम नजरें,
आसमान उठा रहा मुस्कुराकर उसके नखरे।

नटखट अठखेलियाँ, इस नन्हे चाँद की,
चंचल सी अदाएँ, इस दिले नादान की।

चाँद की राह पर आकर ठहरती हर राह रात की,
नन्हें चाँद की हर बात को हँस कर मानना है कुछ ऐसी अदा रात की।

भोले से चाँद पर मर मिटती प्यारी सी रात,
आधे और लाल चाँद के साथ आज की निराली सी रात।

36. मौसम की तरंग

शांत सा आज है ये मौसम,
जाने दिल में क्यों उठ रही है ये उमंग।

परियों के देश में जाने की दिल की आरजू,
बादलों पर बैठने की दिल की आरजू।

मौसम की तरंग के संग झूमने की तमन्ना,
सारे फूलों को अपने बाँहों में भरने का सपना।

कड़कती धूप से बचाती हमको पेड़ों की छाया,
हर रात के बाद ही एक दिन है आया।

रात भी उतनी ही प्यारी है जितना दिल है सुहावना,
नहीं कुछ भी सहमा-सहमा हर चीज लगता है सपना।

आँखों में डर के लिए जगह बची ही नहीं,
सहमी-सहमी सी हमारी अब जिंदगी नहीं।

37. लक्ष्य

क्या जिंदगी में खुशी को पाना लक्ष्य है?
जिंदगी में लक्ष्य को पाना खुशी है?

लक्ष्य करीब हो या हो दूर, दिल राजी हो या हो मजबूर,
लगेगा, जाने क्यों देखे ये गगन हमें यों टुकर-टुकर।

साहिल से दूर बैठे हैं जान कर,
खुद से खफा हैं उसे खुद से खफा मान कर।

लहरें तो आना चाहती हैं किनारों के सहारे,
मन चला रहा है तीर इंद्रधनुष के सहारे।

रेत को बंद करना चाहती है मुट्ठी,
पर रेत फिसल ही जाती है, जितनी कसकर भी बंद हो मुट्ठी।

इतना तो हमको रेत भी सिखाती है,
पहले किस्मत इस मुट्ठी में बंद हो जाती है,
और फिर धीरे से बगल में से खिसक जाती है।

रेत का है इतना कहना, इन हाथों को बंद न करना,
बंद किया तो फिर रेत के निकलने के गिले मत करना।

धरती के इस सोने को, जो अपने पास है रखना,
दोनों हाथों में भर कर इसको रखना।

अंजलि में भरकर छोड़ देना,
इसको उसके गर्भ में ही रहने देना।

38. अतीत की परछाई

आज फिर अतीत की परछाई वर्तमान में छाई है,
आज फिर मुझको अपने किसी सपने की याद आई है।

आज फिर वक्त रहा है कुछ दुहरा,
आज फिर तन्हाई का झंडा रहा है फहरा।

आज फिर याद आया कि हमारे सपनों को किसी ने लताड़ा था,
आज फिर याद आया कि किसी ने हमको पछाड़ा था।

आज फिर सारे जख्म हो गए नए,
आज फिर देखा खुद को आँसू पिए।

आज फिर देखा खुद को मुस्कुराहटों से होते दूर,
आज फिर पाया खुद को हालात के आगे मजबूर।

क्या आज फिर आज का अंजाम कल जैसा होगा,
क्या आज फिर आज के पास एक भी जवाब न होगा।

आज फिर जो भी हो पर ये नहीं मंजूर,
आज फिर हो हमारी मुस्कान हमसे दूर।

नहीं फिर कोई पर आज ही जाना है,
आज ही तो हमने मुस्कुराहट की ताकत को पहचाना है।

इसी मुस्कुराहट पर ही तो लोग होते गए फिदा,
इसी मुस्कान से ही बिखरी है हर अदा।

39. चाहत

लगता है फूलों के बीच मेरी अपनी दुनिया बैठी है।
फूलों के बीच मेरी हर अदा छिपी है।

लहरों सी मैं पगली डोलती फिरूँ,
कभी सँभलूँ और कभी मैं गिरूँ।

हवाओं के संग उड़ती रहूँ इधर–उधर,
पेड़ों के पत्तों पर लिख दूँ मैं अपनी खबर।

उगते हुए सूरज के संग उदय हो मेरा हर सबेरा,
मेरी हर किरन के संग भागे कोसों दूर मुझसे अँधेरा।

इंद्रधनुष से पूछूँ उन सारे रंगों के बारे में,
फूलों से पूछूँ मैं भँवरों के बारे में।

जुगनुओं को ढूढूँ मैं सारा–सारा दिन,
रात अच्छी नहीं लगती चंद्रमा के बिन।

इन सब चाहतों के अलावा एक चाहत, दिल की डाली पर खिली है,
और कुछ हो न हो जिंदगी में, पर चेहरे पर मुस्कान हमेशा खिली रहे।

40. मुस्कान

मदमाती, शरमाती सी होती है मुस्कान,
लुभाती पर न भरमाती है ये मुस्कान।

दिल ए नादान का गुपचुप से हाल बताती है मुस्कान,
सब पर एक नशा सा बिखेरती है ये मुस्कान।

सबको अपना दोस्त बनाती है मुस्कान,
सबके दिलों से नफरत मिटाती है मुस्कान।

हर सुबह उगती है मुस्कान,
आसमान में बादलों के संग ठहरती है मुस्कान।

हर रात सपनों के साथ चहकती है मुस्कान,
सबकी थकान को भुला देती है मुस्कान।

सबको एक बात सिखलाती है मुस्कान,
कभी भी कुछ नहीं छिपाती है मुस्कान।

परियों सी चंचल है तुम्हारी ये मुस्कान,
निश्छल और पावन है तुम्हारी ये मुस्कान।

कुछ न कह कर सब कुछ समझाती है मुस्कान,
आँखों को कभी-कभी नम भी कर जाती है मुस्कान।